KB210190

너라는 벼락을 맞았다

너라는 벼락을 맞았다

고영 시집

문학세계사

이 시집을 병상의 어머니께 바칩니다.

□ 시인의 말

나 하나 살자고 너무 멀리 와버렸다.

여기까지 오는 동안 너무 많은 것들을 잃었다.
내 곁엔 늘 벼락만이 존재하고 있었으므로,
모두들 나를 떠나갔다.
아니, 떠나보냈다.

하지만 이젠 그마저도 덕분으로 알고 살 것이다.

덕분에 나는 살 것이다.

2009년 4월
고영

*차례

제 1 부
떠들썩한 슬픔

제2부
칼날 잎사귀

제3부
꽃들은 입을 다문다

어떤 벼락이든 한 번은 맞고 볼 일

제1부

떠들썩한 슬픔

고라니

마음이 술렁거리는 밤이었다
수수깡이 울고 있었다
문득, 몹쓸 짓처럼 사람이 그리워졌다
모가지 길게 빼고
설레발로 산을 내려간다
도처에 깔린 달빛 망사를 피해
오감만으로 지뢰밭 지난다
내 몸이지만 내 몸이 아닌 네 개의 발이여
방심하지 마라
눈앞에 있는 올가미가
눈 밖에 있는 올가미를 깨운다
먼 하늘 위에서 숨통을 조여 오는
그믐달 눈꼴
언제나 몸에 달고 살던 위험이여
누군가 분명 지척에 있다
문득 몹쓸 짓처럼 한 사람이 그리워졌다
수수깡이 울고 있었다

킥킥, 유채꽃

열여덟 이른 나이에 사내를 알아버린 누이는 툭하면 집을 나가기 일쑤였다.

바람난 딸년을 집구석에 들여앉히기 위해 아버지는 누이의 머리끄덩이에 석유를 붓고 불을 싸질렀다.

머리에 꽃불을 이고, 미친년처럼 온 들판을 뛰어다니던 누이를 누렁개들이 좋아라 쫓아다녔다.

그 몰골에 차마 울지도 웃지도 못하고 나는 그만 킥킥,

봄날이 가기 전에 누이는 결국 시집을 갔지만 배부른 신부를 보고 나는 또 그민 킥킥,

누이가 떠난 후 들판에 핀 유채꽃에서 진한 석유냄새가 났다.

그림자

수면을 박차고 오르는 가창오리를
물보라가 따라 붙는다

저수지에 빠뜨린 제 그림자에게
덜미를 잡힌 가창오리
날개가 일으킨 파문이
목에 걸린 동아줄처럼 조여든다

가창오리 그림자 흔들리는 만큼
물그림자 흔들린다

가창오리 그림자 업고 가라앉는 물그림자
바닥까지 잠긴 가창오리 그림자

물의 지옥에서 누가 자꾸 끌어당기는가
빈 몸뚱이만 물 위에 떠서
하염없이 발을 젓고 있다

삼겹살에 대한 명상

여러 겹의 상징을 가진 적 있었지요
언감생심, 일곱 빛깔 무지개를 꿈꾼 적 있었지요
불판 위에서 한 떨기 붉은 꽃으로 피어나기를
간절히 바란 적 있었지요

흰 머리띠를 상징으로 삼았지요
피둥피둥 살 바에는 차라리
불판 위에 올라 분신자살이라도 해야
직성이 풀릴 것 같았지요
육질이 선명할수록 사상도 아름답게 보이는 법이거든요
달아오른 불판이 멀리 쏘아 올리는 기름은
발가벗은 내 탄식이었지요

몸 뒤틀리고 몇 번쯤 뒤집혀지고 나면
(제발, 세 번 이상은 뒤집지 마세요)
내 사명도 끝난 줄 알았지요
노릿하게 그을린 얼굴들이 참기름을 두르고 앉아
마늘처럼 맵게 미소를 주고받을 때

소원할 그 무엇도 남아 있지 않은
저 말라비틀어진 살점들을 어찌할까요

어쩌다 간혹 안부나 물어봐주세요
그러면 나는 그냥
무지개를 꿈꾸다 죽은 한 마리 돼지의 어쩔 수 없는 옆구
리였다고,
불판 위의 폭죽이었다고,
웃기는 돼지였다고 웃으며 말할 날 있겠지요

상처

품을 팔러 배추밭에 나가신 어머니
빈속에 걷는 머릿수건이
배추흰나비처럼 나풀거렸다

찬장 속 밥그릇마다 배추꽃들이 가득했다
나는 밥 대신 배추꽃을 먹었다
혈관을 타고 구석구석 흰빛들이 퍼져나갔다
몸속에서 들끓는 흰빛들로 나는 점점 투명해지더니,
부풀어 오르더니, 자꾸 가려워지더니
눈에서, 입에서, 똥구멍에서 날개들이 쏟아져 나왔다
주체할 수 없이 눈부신 흰빛이었다
나는 몇 번 날개를 펼쳐 보이곤
뒤도 돌아보지 않고 세상 밖으로 날아올랐다
그리곤 다신 돌아오지 않았다
빠져 죽어도 좋을 만큼 시퍼런 하늘이었다

이미지

늦은 오후 공원 산책길을 걷는다
보도블록 위에 누군가 흘린 핏자국이 묻어 있다
희미한 고통의 붉은 발자국이 신음도 없이,
그림자도 없이 길게 이어져 있다
화단을 지나, 잔디밭을 지나
최후의 우격다짐이 벌어졌을 버드나무 밑에서
가쁜 숨을 고르고 있다

어린 여자아이가 버드나무 밑에 쪼그려 앉아
오줌을 누고 있다 햇살이 붉다
희미한 고통의 붉은 발자국이
조금씩 지워지고 있다 누군가의 터진 상처가
땅 속으로 스며들고 있다
아이는, 씻겨나간 핏자국의 흔적 위에
나무막대기로 낙서를 하고 있다

햇발국수나 말아볼까

가늘고 고운 햇발이 내린다
햇발만 보면 자꾸 문 밖으로 뛰쳐나가고 싶다
종일 들판을 헤집고 다니는 꼴을 보고
동네 어른들은 천둥벌거숭이 자식이라 흉을 볼 테지만
흥! 뭐 어때,
온몸에 햇발을 쬐며 누워 있다가
햇발 고운 가락을 가만가만 손가락으로 말아가다 보면
햇발이 국숫발 같다는 느낌,
일 년 내내 해만 뜨면 좋겠다고 중얼거리면
그럼 모든 것이 타 죽어 죽도 밥도 먹지 못할 거라고
지나가는 참새들은 조잘거렸지만
흥! 뭐 어때,
장디에 나간 임마의 언 볼노 발랑발랑
눈 덮인 아버지 무덤도 말랑말랑
감옥 간 큰형의 성질머리도 말랑말랑
내 잠지도 말랑말랑
그렇게 다들 모여 햇발국수 한 그릇씩 먹을 수만 있다면
눈밭에라도 나가

겨울이 되면 더 귀해지는 햇발국수를
손가락 마디마디 말아
온 세상 슬픔들에게 나눠줄 수만 있다면
반짝이는 눈물도 말랑말랑
시린 꿈도 말랑말랑

평발

1

허공을 타고 내려온 거미 한 마리가
맨발로 땅 위를 걷고 있다
공중에서보다 발걸음이 느리다
꽁무니 거미줄에 걸려 세계가 질질 끌려간다
일사불란한 여덟 개의 발로
지구를 끌고 있다
자세히 보니 거미의 발바닥은
어떤 표면이든 흡착시키기에 적당한 구조를 가졌다
저 발판의 힘으로 거미는
나방을 감아올리고 자작나무를 들어올리고
기와집을 끌어올린다
거미는 힘이 좋다
지구력도 좋다

2

그는 평발이었다
마음보다 늘 조금씩 늦어서 그의 발바닥은 슬펐다

아무리 빨리 걸어도 땅이 따라주지 않았다
어떤 보이지 않는 흉측한 손이
자꾸 땅 속에서 잡아끄는 것 같았다
지긋지긋한 손아귀를 피해 그는 점점 높은 곳으로 기어
올랐다
나락은 지천에 널려 있었다
담장 위에도, 지붕 위에도, 전봇대 위에도
생문生門은 보이지 않았다 세상은 그에게
허공에 집 짓는 일을 시켰다 집을 지으면 지을수록 이상
하게
발걸음은 가벼워졌다 철근을 들어올리고
덤프를 들어올리고 아파트를 들어올릴 만큼
그는 힘이 세졌다 허공에서의 생활에 익숙해지자
지천에 널려 있던 나락들이
마침내 낙원으로 보이기 시작했다

   3
평평한 허공의 집으로 올라간 거미가

지구를 거꾸로 매달아 놓고
공기놀이를 한다

화살

먼 북국北國 하늘로
쇠기러기 한 마리 날고 있다

꼬랑지 방향계가 정신없이 바쁘다

화살촉 머리를 길게 빼고
과녁을 찾고 있다

밤하늘의 눈썹
그믐달
한가운데

화살이 꽂힌다

황야의 건달

어쩌다가, 어쩌다가 몇 달에 한 번꼴로 들어가는 집. 대
문이 높다.

용케 잊지 않고 찾아온 것이 대견스럽다는 듯
쇠줄에 묶인 진돗개조차 꼬리를 흔들며 아는 체를 한다.
짜식, 아직 살아 있었냐?

장모는 반야심경과 놀고 장인은 티브이랑 놀고
아내는 성경 속의 사내랑 놀고
아들놈은 리니지와 놀고
딸내미는
딸내미는,

처음 몸에 핀 꽃잎이 부끄러운지 코빼기 한 번 삐죽 보이
곤 방에서 나올 생각을 않는다.
그나마 아빠를 사내로 봐주는 건 너뿐이로구나.
그것만으로도 충분히 고맙고 황송하구나. 예쁜 나의 아
가야.

아무도 놀아주지 않는 식탁에 앉아 소주잔이나 기울이
다가
혼자 적막하다가
문득,

수족관 앞으로 다가가 큰소리로 인사를 한다.
블루그라스야, 안녕! 엔젤피시야, 안녕!
너희들도 한 잔 할래?
소주를 붓는다.

떠들썩한 슬픔

상가喪家에 오면 왜 이리 입맛이 당기는 걸까
친구의 영정 앞에서 한층 맹렬해지는 식욕들
기름 둥둥 뜬 벌건 육개장 국물에
살코기 몇 점
허겁지겁 입 속에 밀어 넣는다
식은 돼지머리 편육에 연거푸 소주잔을 기울인다
몹쓸 놈의 허기가 눈치마저 잃어버렸나,
큰소리로 국 한 그릇 더 시켜놓고
눈물 한 번 베고
썩을 놈, 죽일 놈, 무책임한 놈
시끌벅적 영안실이 떠나갈 듯 지껄여댄다
아직은 때가 아니라고
다들 이렇게 生生하다고
망자亡者가 된 친구에게 과시라도 하듯
벌건 육개장 국물에 밥 말아 와자지껄
우적우적 먹어댄다
고깃점에 눈물이 우러나도록 잘근잘근
망자亡者의 생애를 씹어 삼킨다

짜디짠 슬픔을 꾸역꾸역
간사한 입 속으로 우겨 넣는다

토종닭집 감나무

늙은 감나무 한 그루에
얹혀사는 것들이 왜 저리 많은가

금대계곡 입구 토종닭집
가로등 전깃줄이
감나무 숨통을 조르고 있다

밑동에 쌓인 까만 비닐봉지 속
목 잘린 닭대가리들이
몸을 찾아 아우성치고 있다

감나무 꼭대기에 걸린
다 익은 김들마저 떠나지 않고
단물을 울궈먹고 있다

도무지 말을 들어먹지 않는,
삭정이들을 끌고 굽어가는 감나무에
새들도 날아와 앉지 않는다

천사보육원

울먹이며
깨금발을 구르는
아이에게

먼 길을 오다가
너무 비어서
몸이 전부 날개가 된
눈발들

하늘나라 떠돌이 흰 별들

어린
눈썹 위에
앉아

젖은
눈빛을 밝힌다

고욤나무집 사내들

밤새 손짓하던 바다가 밑 빠진 독처럼 잠잠하다
풀 죽은 파도는 섬과 섬 사이를 돌아나가고
뭐, 재밌는 일 없수? 고욤나무가 히죽 안마당을 기웃거린다
몇날 며칠 망둥이처럼 방바닥을 헤집고 다니던 사내들이
수돗가 옆 양지에 모여 앉아 햇볕을 쬐고 있다
젖은 고개를 들어 밀린 광합성을 한다
가물가물한 눈동자 속 설익은 고욤열매들
이마 위에 시뻘건 화로를 얹고 다니는 사내가
애꿎은 아궁이에 오줌을 갈긴다 하, 오줌발이 세다
세숫대야에 거꾸로 처박힌 말라깽이 사내는
끓어오르는 머릿속을 찬물로 달래고 있다
뭐, 재밌는 일 없수? 저 혼자 말라가던 사내의 아랫도리가
히죽 고개를 처들고 지난밤의 숙취를 말린다
휴가는 끝났다, 그러나 그걸 토설하기엔
고욤나무집에 혼자 남겨질 사내의 외로움이 너무 짙다
그래그래, 동조하듯 자세를 고쳐 앉는 술병들
마당을 기웃거리던 고욤나무 그림자도 한자리 끼고 앉아
아침 술잔에 푸르고 짠 잎을 띄운다

밥 먹을 일 없수? 전기밥통에 눌어붙은 밥알들만
며칠째 연옥을 견디고 있다

은자隱者

은밀하게 꿈틀거리고 은밀하게 공간이동을 했다. 길바
닥으로 혹은 벤치로 혹은 계단으로 그는 완벽하게 변신했
다. 사람들 속에서 그는 조금씩 지워져갔다.

노련한 청소부에 의해 발굴되기까지 그는 탑골공원 낙엽
더미 속에서 완벽하게 썩어가고 있었다. 생각이 비워진 머
리통 속에는 노란 상념에 잠긴 민들레꽃이 뿌리를 내리고
있었다.

구더기들만 없었다면, 그의 잠행은 성공적이었을 것이었
다. 끝내 터득하지 못한 무취의 비법이 불청객들을 불러들
이고 말았다. 무취의 경지에 도달하기까지 약간의 시간이
더 필요했지만 겨울은 너무 빨리 왔고, 날파리들은 그보다
내공이 높았다.

그를 수습하는 데는 의외로 많은 시간과 장비와 인원이
필요했다. 베일에 가려진 신분은 물론이거니와 그의 이동
경로를 추적하는데 수사관들은 애를 먹었다. 그러나 끝내

풀리지 않는 의혹,

　그의 손에 잡힌 물집과 엄지손톱에 찍힌 시꺼먼 망치자
국이 자해의 흔적인지, 타살의 단서인지 도저히 밝힐 수가
없었다.

돼지의 무기

꿈에서는 보지 못한 돼지를
춘천 가는 도로 위에서 보았다

달리는 돈사豚舍,
돼지를 실은 트럭을 추월하려다
문득 지갑에 든 복권 두 장이 마음에 걸려
속도에 제동을 건다

평생 체중에 끌려 다니다
마침내 몸집을 버리러 가는 돼지들
과속에 익숙해진 도로 위에서
오줌을 갈기고 있다

말라붙은 꼬랑지를 흔들며
곧 서늘해질 목을 흔들며
웃는 연습을 하고 있는 돼지여

너의 웃는 얼굴로

행여 누군가 대박을 꿈꾸더라도
마지막에 웃는 돼지여

너의 얼굴이
너의 유일한 무기였으니
너는 영원히 미소로 남게 됐으니

반딧불이

날개가 불이라서 뜨겁니?
아님 네 한 몸 다 불살라야 닿을 수 있는
그런 아름다운 나라가 있니?

기어이
처음 그날처럼 기어이

홑겹의 날개 위에
평생 지울 수 없는 문신을 새기며
상처에 불을 밝히며

저 텅 빈
날갯짓으로 날아가는

너는
누구의 영혼이니?

음복飮福

선산 가는 길
가는 비 내린다

길 옆 하얀 찔레꽃
백자 잔에
빗물이 고여 있다

잔을 따서
물을 따라 마신다

제2부

칼날 잎사귀

자화상

철길인 줄 모르고
꽃을 피웠다
민들레 노란 입술에
까맣게 때가 묻었다

날려 보내야 할 홀씨마저
까맣게 때가 묻었다

너에게 가는 길을 찾을 수가 없다

스스로 꽃못이 된
꽃모가지

벼락 맞은
꽃모가지

레일을 베고 잠이 든다

사랑

두 사람이 한 자전거를 타고
공원 산책길을 따라
한 묶음이 되어 지나간다

핸들을 조종하는 남자 뒤에서
남자를 조종하는 여자

허리를 껴안고 중심을 잡는다

남자의 근육세포가
미세함 그대로
여자의 가슴에 전해진다

둘이 하나가 되기 위해
서로를 조종해가는
완벽한 합일!

지금,
세상의 중심이 저들에게 있다

너라는 벼락을 맞았다

　너……라는 말 속에는 슬픔도 따뜻해지는 밥상이 살고
　너……라는 말 속에는 눈곱 낀 그믐달도 살고 너……라는 말 속에는 밤마다 새 떼를 불러 모으는 창호지문도 살고 너……라는 말 속에는 물구나무 선 채 창밖을 몰래 기웃거리는 나팔꽃도 살고 너……라는 말 속에는 스스로 등 떠밀어 희미해지는 바람도 살고 너……라는 말 속에는 진즉에 버렸어야 아름다웠을 추억도 살고 너……라는 말 속에는 결코 포기할 수 없는 약속 그래서 더욱 외로운 촛불도 살고 너……라는 말 속에는 죽음도 두렵지 않은 불멸의 그리움도 살고 너……라는 말 속에는 평생 돌이킬 수 없는 슬픔을 안고 괴로워하는 상처도 살고
　너……라는 벼락을 맞은 뼈만 남은 그림자도 살고

원고지의 힘

원고지를 놓고 막상 책상에 앉고 보니
무엇을 쓸 것인가
그대에게 못 다한 진정의 편지를 쓸까
하늘에게 사죄의 말씀을 쓸까
달리의 늘어진 시간에게 안부나 물을까
막상 아무것도 기억나지 않는 밤
지난 여름 내게만 사납게 들이치던 장대비가
원고지 칸과 칸 사이를 적시고
목적지도 없는 폭풍의 기차가 지나간다
기차가 끌고 가는 기―인 강물 위
빠져 죽어도 좋을 만큼 깊고 푸른 달이 반짝
말라비틀어져 비로소 더욱 눈부신
은시시니무 잎이 떨어진다
지난 과오가 떠오르지 않아 얼굴 붉히는 밤
수천 마리 피라미 떼가
송곳처럼 머릿속을 쑤신다
눈에 보이지 않아 더 그리운 것들
원고지를 앞에 놓고 보면

분명 내 것이었으나 내 것이 아니었던
그 전부가 그립다

폭낭*

폭낭 그늘에 초가 한 채 짓고
그대와 단둘이 누웠으면 좋겠네.

남들이야 눈꼴이 시든 말든
하르방 몸뚱어리가 달아오르든 말든
그대와 오롯이
배꼽이나 들여다보면서

여린 그대 배꼽 그늘 위에
우악스런 내 배꼽 그늘을 포개면

묵정밭 유채꽃은 더욱 노랗게 피고
돌문 밖 바다물결 간질이는
그대 숨비소리,
숨비소리

딱 하루만이라도 그렇게
물허벅 지듯 그대를 들쳐 업고

넝굴었으면 좋겠네.

물끄러미 칸나꽃

혼자 남겨진 저녁은
가슴에 새긴 상처보다 더 빨리 와서 슬펐다.
그날 나는 울먹였던가, 울먹이다가
끝내 눈물과 화해했던가.

칸나꽃 피었다. 칸나꽃은 언제나
누군가 떠난 자리에 핀다.
칸나꽃 필 때쯤이면 나는 언제나 열병을 앓았다.
누군가 자꾸 슬픔 쪽으로
등을 떠밀었다.

어제 떠나간 사랑을 물끄러미 바라보다가
오늘 남겨진 몰골을 물끄러미 바라보다가
내일 곱씹을 후회를 물끄러미 바라보다가

낙엽 한 장의 팔랑거림마저 견디지 못할 내 가벼운 육신
에 치를 떠는
연희동의 어느 쓸쓸한 저녁

칸나꽃 다 지기도 전에 칸나꽃 향기는 떠나고
발코니에 앉은 종소리 다 듣기도 전에
성당문은 굳게 닫힌다.

칸나의 슬픔
마리아의 눈물

사랑하는 것은 언제나 나보다 먼저 떠난다.
24시 편의점에 불은 꺼지고
향기 없는 모과는 더 깊이 찌그러진다.

개꿈

　몽유도원도, 접었다 펼친다. 하늘을 덮은 꽃뱀의 화려한 허물, 펼쳤다 접는다. 귓속을 어지럽히는 간드러진 밀어, 접었다 펼친다. 눈앞에서 날름거리는 붉은 헛바닥, 펼쳤다 접는다. 식은땀에 젖은 몸뚱어리, 접었다 펼친다. 제발 네가 아니기를, 제발 꿈이 아니기를…… 펼쳤다 접는다. 꽃뱀을 따라 들어간 몽유도원, 접었다 펼친다. 머리통을 집어삼키는 거대한 아가리, 펼쳤다 접는다. 달콤한 입맞춤…… 접었다 펼친다. 제발, 나를, 깨끗이 먹어치우기를 고대하고 고대하면서 펼쳤다 접는다. 감춰진 꽃뱀의 이빨을 접었다 펼친다. 어디에나 있고 어디에도 없는 너의 얼굴, 펼쳤다 접는다. 랄랄라, 랄랄라 하면서 접었다 펼친다. 펼쳤다 접는다.

칡 캐러 간다

그대야
칡 캐러 치악산 간다
못난 그리움이 또 너무 못나서
그대를 다 잊기도 전에
별이 먼저 지고
서울 떠나
화전火田에 드러누워
밤하늘 별이라도 캐면
물소리라도 캐면
알 통통 배긴
칡뿌리 아이라도 하나 캐면
너와집
너와집에 몰래 들어
못난 그리움이
못난 그리움을 안고
칡뿌리 아이라도 꺼안고
지쳐 잠드는
그대야
칡 캐러 치악산 간다

달 속에 달이 기울 때

꿈, 창, 그리고 당신
문득 그리워져서, 모든 게 속절없이 그리워져서
왜 간혹 그럴 때가 있잖아요?
미친 바람 앞에서, 내 한 몸 건사하기도 힘든 상황에서도
별안간 누군가의 안녕이 몹시 염려되는 거
그걸 사랑이라고 하면 당신,
그 마음 보여줄래요?

창문 속에서만 존재하는 당신
유리성에 사는 당신
잔이나 비울까요, 그래야 술병 속에서나마 함께 할 수 있
잖아요, 큭큭
큭큭거리며 웃는 당신, 당신의 붉은 혓바닥
혓바닥에도 마음이 있다고
그 마음이 또 마음과 마음을 낳아서
지금 우리가 아픈 거라고…

그래도 당신

하현달처럼 저물어가는, 그래도 당신
얼마나 더 나를 비워야 당신을 채울 수 있을까요?
큭큭거리며
술잔을 비워도 차오르는 거, 이 몹쓸 집착!
이 몹쓸 사랑, 사람아―

내 차디찬 기억에 젖어 있는 당신을
검불 같은 흐느낌이라고 하면
당신이 너무 가여워서
새벽안개 피어오르는 술잔과 마주앉아 그래도 당신,
술잔 속에 마음을 빠뜨리며 또 당신
큭큭거리며
술잔이 술잔을 낳다가 큭큭!

이사

벌건 대낮
술 취한 물뱀처럼 집을 찾아든다
그런데 집을 찾을 수 없다, 아무리 둘러봐도 없다
이놈의 집이 그새 허물이라도 벗었나?

너무 오래 집을 비워뒀던가, 집 비운 사이
집마저 나를 잊었던가
환장할 봄날에 취해 단체로 바람이라도 난 것인가
얼마나 더 취해야, 얼마나 더 검불처럼 떠돌아야
집은 모습을 드러낼 텐가

애당초 집을 짊어지고 나왔어야 했는가

놀이터 벤치도 그대로
수수꽃다리 향기도 다 그대로인데
집아, 너만 어디로 갔니?

회초리 같은 햇살에

볼기짝 맵게 얻어맞을 가엾은 마음을
길가에 눕혀두고
하릴없이 하늘에 삿대질이나 해대다가 문득,

서천西天 가장자리에 외롭게 뜬
초췌한 낮달을 본다

바보, 너도 집 잃어버렸지?

아무도 오지 않는 오후

이제 아무도 오지 않는 나에게 돌아가련다.
아무도 없는 오후 다섯 시는 너무 무서우므로.
블라인드 밖 은행나무엔 불혹이 생生의 전부인 햇빛들이
하늘로 돌아가기 위해 분주하다.
식탁 위 꽃병엔 제 그림자를 먹어치우는 개운죽의 부질
없는 자맥질.
칼날 잎사귀는 오후 다섯 시의 고요를 넘어
저녁 여섯 시의 적막을 향해 뻗어간다.

창窓은 언제나
나와 무관한 경계에 있다.

너무 오랫동안 창을 닫고 살았다.
그 옛날 아버지가 심은 포도나무처럼 푸른 잎사귀를 갖
고 싶었지만
내 머릿속엔 항상 늙은 시간만이 누렇게 떠 있었다.
아버지는 왜 하필 불혹 넘어 나를 세상에 내놓으셨을까.
—돌이킬 수 없는 실수는 누구에게나 있는 것

태어나면서부터 내 모든 것은 이미 폭삭 늙어버렸으므
로,

　　내게로 돌아가자는 이 다짐은 오후 다섯 시가 지나도 여
전히 유효하다.
　　그것이 과연 옳은 일이긴 한가
　　아무도 오지 않는 오후,
　　낮잠에 빠진 것도 아닌데 자꾸 죽은 아버지가 보인다.
　　아버지는 생전보다 더 말이 없다.
　　그런데 왜 하필!

　　나는 이제 시간을 믿지 않는다.
　　푸른 잎사귀는 영원히 푸른 나무의 몫이다.

눈물은 힘이 세다

아내가 잔다
아내의 눈물이 잔다
밤새 울부짖던 눈물이 지쳐 쓰러져 잔다
아내의 눈물이 깰까봐
나는 없는 자존심마저 다 내어준 채
베란다 딸린 차가운 변방으로 밀려나 놀란 가슴 쓸어내린다
눈물은 아내가 꺼내드는 비장의 무기다
눈물의 포효는 점점 위력을 더해간다

눈물은 힘이 세다
눈물은 맹독의 발톱을 가졌다
야차 같은 저 눈물의 횡포를 겪고 나면
남는 건 늘 싸늘한 폐허뿐이다, 내겐 폐허만 남았다!
폐허를 건너는 밤이 너무 길다
무장해제 당한 밤은 너무 무섭다

언제부턴가

아내의 눈물에 발톱이 돋아나기 시작하면서
나는 조금씩 말수가 줄어든다
쌀을 씻는 일도 잦아졌다
눈물의 포효가 커질수록, 횡포가 극에 달할수록
나는 점점 눈물에게 복종되어 간다

눈물 앞에선 모든 게 내 탓이다
잘한 일이 하나도 없다
그래야 산다!

파경

　히힛, 잠시 요지경 속에 사는 한 착한 거울에 대한 얘기를 할까 합니다. 거울은 거울답게 우아하고 도도했으며 미소가 푸르렀지요. 가끔 미운 표정을 보일 때도 있었지만 그건 멘스 중이거나 자신만 아는 히스테리에 빠져 있을 때였죠. 거울에겐 푸르른 목책이 있었고 백마가 있었고 사랑하는 만년필이 있었어요. 하늘까지 뻗어 있는 푸르른 목책에 앉아 거울은 만년필로 편지를 썼고 일기를 썼고 시를 썼어요. 히힛, 몰래 사랑도 썼죠. 백마는 구름 위를 뛰어다니고 푸르른 목책엔 온갖 진귀한 새들로 북적였지만 만년필은 골방에 틀어박혀 거울 대신 시를 쓰기도 했고 거울 대신 멘스를 하기도 했지요. 히힛, 하지만 거기까지가 한계였어요. 거울의 관심을 끌기 위해 필요한 변화무쌍한 변신들; 요리사도 되고, 에곤 실레도 되고, 슈퍼맨도 되어 즐거운 잠자리를 제공해야 했지만 히힛, 만년필은 끝내 마술사가 되지 못했죠. 그러던 어느 날 거울은 갑자기 푸른 바다가 갖고 싶어졌어요. 만년필은 고혈을 짜 바다를 그려주었지만 히힛, 고래 한 마리 없는 죽은 바다였지요. 그러자 거울은 미련 없이 만년필을 버리고 감미로운 붓 한 자루를 샀어요. 히힛, 푸른 바다만 그릴 줄 아는 젊은 붓이었지요.

못

고개를 처들고
들어가야 하는 집 앞에서
자꾸 목이 꺾인다.

무슨 낯짝으로,
무슨 염치로,

저절로 고개가 숙여진다.

내가 들어가
폐만 끼치는 집
상처만 되는 집

차라리 대가리를 버린다.

뱀처럼 휘어져
흘러든다.

칼날 잎사귀

누구에겐가 버려진
대롱만 남은 개운죽을 주워다
꽃병에 꽂아두었다

물에 잠긴 빈 대롱에서
하얀 실뿌리가 나기 시작했다

물 밖 대롱 마디에서
잎사귀가 돋아났다
칼이 돋아났다

칼날 잎사귀가 꽃병을 찌른다
책 속의 장자莊子를 찌르고
내 머릿속을 찌르고
급기야
제 그림자마저 찌른다

저 발광을 그냥 두고 볼 수는 없다,

한 번 버려진 건
언제고 다시 버려진다!

칼집 대롱만 남기고
칼날 잎사귀를 자른다

함부로 그늘을 엿보다

배롱나무 꽃그늘을 몰래 기웃거렸네
유흥에 찌든 내 체취가 행여 꽃빛을 흐릴까봐
가까이는 말고 그냥 멀리서,
땡볕에 나앉은 두꺼비처럼 바라만 보았네

그렇게 속절없이 한여름이 흘러가는 동안
몇 마리의 새가 꽃그늘 속에서 사랑을 나누다 날아갔고
어린 꿀벌이 반쯤 벌어진 꽃봉오리에 갇혀
날개가 펴진 채로 말라갔네
태양의 인두질에 영혼마저 까맣게 타버린 개미들
시어빠진 꽁무니를 끌고 꾸,역,꾸,역,
무덤 속으로 꺼져 들어갔네

꽃과 함께 소멸하는 여린 목숨들을 보며
자꾸 발이 시렸지만
나는 끝내 배롱나무 꽃그늘에 들지 못했네
순하디순한 꽃빛만 기웃거리다
꽃에 갇혀 죽은 영혼은 죽어서도 행복할 거라고

땡볕에 나앉은 두꺼비처럼 중얼거렸네
여름 내내 중얼거렸네

팔랑팔랑

절간 문지방에 내려앉은 모시나비 한 마리

팔랑팔랑 날개가 따뜻하다

대웅전 앞에서 장난치듯 합장하는 철부지 동자승

팔랑팔랑 손바닥이 따뜻하다

떼끼놈! 경을 치는 노스님 치렁치렁한 눈썹

팔랑팔랑 미소가 따뜻하다

오직 한 갈래

내 흐린 눈으로는
도무지 그 끝이 보이지 않는
눈 덮인 하늘에서
새들도 종종 길을 잃는다

너무 많은 길들이 보여,
갑자기 갈 곳이 많아진 새의 날개가
솟구치며 휘돌며
공중을 떠돌고 있다

천 갈래 만 갈래로 펼쳐진 길의 그물에 걸려,
길의 현혹에 빠져
오직 한 갈래
모가지만 길게 늘어뜨리고 있다

저 차디찬 공중 표면
북국北國 하늘을 향해
오직 한 갈래
대가리만 점점 작아지고 있다

제3부

꽃들은 입을 다문다

확인

관절염이 심해
바깥출입도 제대로 못하는 어머니가
한여름 뙤약볕을 뚫고
서울 막내아들 작업실을 물어물어 찾아와서는
방엔 들어와 보지도 않고
문 밖에서 바로 돌아서 가셨다
―얼굴 봤으니 됐다

제때 회수해가지 않은 자장면 그릇들이
문 밖에 어지럽게 널려 있었다

큰곰자리별 어머니

별 비늘이 떨어지는 겨울밤
꽝꽝 얼어터진 밤하늘에 난장이 섰다
별자리 좌판들이 펼쳐지고 있다

물병자리별, 큰곰자리별, 안드로메다, 황소자리별…
야채장수, 생선장수, 호떡장수, 과일장수…

큰곰자리별에 쪼그리고 앉아
동태포를 뜨는 어머니
호각소리에 자꾸 칼날이 미끄러진다

―조,조심하세요. 그,그건 어머니 손이잖아요.

칼 먹은 손에서 뚝뚝 끊어져 내리는
어머니의 무수한 손금들,
밤하늘에 흐르는 붉디붉은 유성들을 보면
두레박이라도 타고 올라가
칼의 입에 재갈을 물리고 싶어진다

한숨소리가 하늘에 가 닿았나?
물고기들의 영혼이 사는 큰곰자리별에서
별 비늘이 진다

벅수야! 벅수야!

노름빚 논 스무 마지기.
그 황금빛 알곡 물결 위에 일기를 쓰면
내 글씨는 여린 내 손을 잡고 지구를 몇 바퀴 돌고 돌아
저 먼 우주까지 데리고 다닐 듯했습니다.

꿈 속에서조차 거머리가 들러붙던 어느 더운 날 아침
정말 불식간에 빚쟁이들이 들이닥쳤을 때
당신은 다행히 뒷간에 숨어 있었지요.
엄마는 들쥐처럼 울고,
누이동생은 귀여운 생쥐처럼 울고,
거머리를 떼어내느라 나는 논바닥에 주저앉아
뻘뻘 비지땀만 흘리고 있었지요.

석유냄새 화사한 뒷간에 쪼그리고 앉아
당신은 자꾸 엉뚱한 곳에 힘을 쏟지만
벌건 엉덩짝 밑으로 똥물만 부글부글 끓어오르고
머릿속엔 뜨다 만 달광이 맴돌아
수도 없이 입맛을 다셨지요.

빚쟁이들이 모두 떠난 뒤
엉거주춤 뒷간을 나서는 누렇게 뜬 당신 몰골에
벅수야! 벅수야! 하면서도 엄마는 웃고,
동네 사람들도 한바탕 수군대며 웃었습니다.

그날 아침 나는 난생 처음
당신이 차려준 귀한 밥상을 받아보았습니다.

목련여관 304호

그해 장마는
국정교과서들에게 난생 처음 물을 먹였고
물먹은 책들은 가차 없이 고물상에 팔려 나갔고
물살에 떠내려가던 돼지새끼는 다른 누군가에 의해 건져
졌고
역시 돼지답게 엉뚱한 집에서 살점을 털렸고
벽에 걸린 금성라디오는 지겨운 새마을노래를 토해냈고
흑백텔레비전은 애초부터 없었고
지겨운 아버지는 노름방에서 작두처럼 날이 서 있었고
포도밭 땅문서가 다른 손에 넘겨졌고
봉제공장 다니는 누나는 합법적인 외박을 했고
절름발이 지팡이를 짚고 아침이 왔고
눈 뜨자 나는 물에 불어 있었고
미친 듯이 정말 미친 듯이 까마귀가 울어댔고
까마귀 울음소리가 엄마의 속을 긁어댔고
망령 난 바람이 자목련나무 사지를 갈갈이 찢어 놓았고
단짝 영순이는 끝내 보이지 않았고
해는 뜨지 못했고
해는 결국 뜨지 못했고

코스모스

억지로 등 떠밀려
엉거주춤 길 나서는 고향집 앞

몇 올 남은
물 빠진 꽃잎마저 다 떼어주고
앙상한 손 흔드는
외줄 꽃대

어여 가, 어여!

무거운 발길 보채면서도
행여 소식 끊을까
어머닌 연신 손을 귀에 대고
전화 받는 시늉을 한다

자꾸만
뒤돌아보는
아련히
먼 꽃

추석 전야

집집마다 전 부치는 냄새 요란한데
새벽부터 대목장 보러 간
늙은 엄마, 돈이 무거워 못 오시나
애간장만 태우는 달밤
밤눈 어두운 장보따리가 길을 잃었나

삽 한 자루 질질 끌고
동네 어귀 삼식이네 포도밭까지
투덜투덜,
엄마 마중 가는 밤길

높다란 고압선에 걸린
갓 부친 부침개 달덩이 하나
쩝쩝 입맛을 다시면
뱃속에선 자꾸 개구리가 울고

수확이 끝난 포도밭
늦둥이 같은, 버려진 포도송이들만
달빛에 타고 있었네

속죄

산사 마당 돌약수대 위
나무로 만든 물바가지 두 개
눈을 뒤집어쓴 채
나란히 엎어져 있다

선방에서 내려다보니
꼭, 머리 흰 수도승 같다

물방울 목탁소리가 내는 파문 속에
몸을 던져놓고도
떨칠 수 없는 번민이 있는가

떠내도 떠내도 채워지지 않는
목마름이 있는가

살얼음 낀 돌약수대 위에
나란히 엎드려
빈속을 비워내고 있다

마제잠두

도마 안중근 서체
손바닥 도장 빈 마디에서 말발굽소리 들려요
빛바랜 화선지 위로 눈알을 번뜩이며
말떼들이 달려가고 있어요
마제잠두*
끝없이 펼쳐진 지평선 마제잠두 위에서
지축을 울리던 말갈기가 초서체로 휘날리고 있어요
만주벌판 아흔아홉 바퀴 돌고 돌아
섬돌 위에 한 줄 획으로 놓인 해진 고무신 한 짝
신발 속에서 모래바람소리 들려요
지친 말발굽소리 들려요
히이잉 뛰고 달리며
벌판을 누비던 거친 숨소리처럼
초서체로 휘갈겨진 뜨거운 말발굽 아래
푸른 초원의 풀들이 눕고
또 눕고

* 마제잠두(馬蹄蠶頭) : 한일자의 처음과 끝의 모양을 뜻
하는 말. 마제는 한일자의 첫부분의 모양이 말발굽처럼
생긴 것, 잠두는 끝부분 모양이 누에머리처럼 생긴 것을
말함.

북청전당포

남항동 삼거리 코너 일본식 건물 삼층에 가면
세상에서 가장 작고 외로운 감옥이 있다
집 밖을 떠돌던 가난한 그림자들이
밤안개처럼 몰래 찾아드는
그 감옥에 가면
까만 뿔테 안경을 쓴 눈초리 매운 영감이 산다
누구는 화교라고 하고
누구는 실향민이라고도 하고
동네 꼬마들은 간첩일지도 모른다고 슬슬 피해 다니던
그 영감을
언젠가 통기타를 들고 면회한 적이 있다
함경도 사투리로 주절거리는 목조계단을 올라가는 동안
기타 속에 살던 아름다운 엘리제가 슬피 울었지만
어차피 청춘은 장물 같은 것,
밥을 위해 반지를 팔고
사랑을 위해 몸을 팔고
혁명을 위해 혁명을 팔았을
앞서간 어느 면회객의 초조하고 숭고한 발자국 앞에서

나는 마치 처분을 기다리는 장물처럼 오금이 저렸다
건물 밖 화단에는 벚꽃이 피고
미안한 마음 덮어씌우듯
목련은 서둘러 지고
인생의 절반을 가슴팍 깊은 골짜기에 묻고도 모자라
스스로 그리움의 감옥에 갇혀 사는
그 영감 눈빛 앞에서
나는 부끄러운 청춘을 곱씹어 삼켰다

배꼽이 명함이다

볼록거울에 비친 나는 몸통만 있고 팔다리가 없다
얼굴도 없고 신용도 없고 체면도 없다
없는 내가 궁금해져 거울 속에 손을 넣어본다
까칠한 성격, 푸석푸석한 뼈, 헝클어진 힘줄이 만져진다
얼마나 쏘다녔는지 찬바람이 묻어나온다
오직 배꼽만이 뚱뚱하다
얼마나 부풀었는지 배꼽이 얼굴 만하게 보인다
볼록거울 속에선 배꼽이 명함이다
저 뚱뚱한 배꼽을 들고 종일 숨을 쉬고 다녔다, 힘들었
다!
오전에는 점잖은 배꼽을 만나 악수도 했고
웃기고 거만한 배꼽과 점심도 먹고
원치 않는 낮술도 한잔 걸쳤다
오늘밤에는 틀림없이 노래도 부를 것이다
그러다가 운 좋게 팔등신의 배꼽이라도 만난다면
나는 아마 밤이 새도록
천방지축 거울 속을 뛰어다닐 것이다
어쩌면 거울 속에 아예 눌러앉아 버릴 것이다

그렇게 몇백 년이 흐른 뒤,
우연히 볼록거울 속을 들여다본 사람이
들러붙어 있는 두 장의 뚱뚱한 배꼽을 보고
무슨 대단한 발견이라도 한 것처럼
호들갑을 떨지도 모른다

구름의 종점

장기판을 기웃거리던 노인이 벤치에 앉아 담배를 태우고
있다. 못 다한 훈수에 대한 미련 때문일까
담배를 태우다 말고
하릴없이 공중을 올려다보고 있다.
담배연기에 밀려 조금씩 멀어지는 뭉게구름을
돋보기안경이 다시 빨아들인다.
초점을 맞추기가 쉽지 않다.
구름과 함께 흘러가는 머언 기억들……
갈수록 흐릿해지는 저 구름이 종점에 다다르기 전
노인의 입에서 놀던 온갖 훈수거리들도
제 갈 길을 찾아 떠날 것이다.
그리곤 아무도 말을 걸지도, 들어주지도 않을 것이다.
구부러진 담뱃재가 고꾸라질 듯 위태롭다.
노인을 바라보는 내 눈이 다 맵다.
담배를 태우던 것도 잊고
노인은 서서히 졸음에 꺾이고 있다.

망령 난 봄날

팔순 노모 머리맡에 앉아 어설픈 응석을 부렸습니다
—어무이, 민화투나 칠까요 꽃구경이나 갈까요
—밥 줘, 밥 줘, 배고파!
밥상 물린 지 삼십 분도 채 안 되었더랬습니다
잠시 마흔 나이를 벗고 젖살 오른 일곱 살 철부지가 되어
〈봄날은 간다〉를 불러 봅니다
너무, 한참 늦은 응석이었습니다
그때 무명천에 칭칭 감겨 있는 노모의 말라비틀어진 젖
을 보았습니다
손톱에 쥐어뜯긴 젖무덤을 보았습니다
젖 껍질마저 떼어줄 요량이었겠지요
젖을 채울 욕심으로 시도 때도 없이 밥 달라 보챘겠지요
목구멍에, 눈동자에 뿌연 황사가 끼었습니다
—아가 아가 내 새끼, 누가 때렸냐?
—아니에요 어무이, 눈에 꽃씨가 들어갔나 봐요
—배고파, 밥 줘!
어무이, 내일은 동백꽃이 수놓인 예쁜 브래지어를 가슴
에 매어 드릴게요
동백꽃처럼 활짝 피어서 멀리 마실이라도 나가자구요

바람의 꽁무니를 따라 걷다

삼거리 이발소를 지나온 바람이 말끔하다.

빗방울을 뿌리기 전 바람을 먼저 보여주는 건 하느님의
지나친 친절이다.

이런 날 사람들은 부적처럼 가방에 우산을 넣고 다닌다.

삼거리 코너 제과점 앞에서 파란 신호를 기다리다가

어느새 나는 붉은 신호등에 익숙해져 간다.

급하게 달려가는 저 바람에게 안전운행을 권하고 싶다.

신호등이 바뀌자 바람을 쫓아가던 자동차들이

허탈한 표정으로 브레이크를 밟는다.

킥킥, 푸념하지 마라,

한 번 놓치면 다신 잡을 수 없는 게 어디 바람뿐이던가.

삼거리 정거장 길게 목을 늘어뜨린 코스모스가

온몸으로 바람을 마시고 있다.

비디오방 TV화면에는 벌써 장대비가 내린다.

사내는 직감적으로 바람을 끌어당겨 냄새를 맡는다.

쯧쯧, 아무래도 오늘 장사는 글렀군.

비님께서 한몫 단단히 하실 모양이야. 사내는 어쩌면

소주잔에 바람을 채워 마시던 젊은 시절을 그리워하는지 모른다.

그땐 정말 바람과 함께 사라져도 좋.았.다.

거리는 재빠르게 어둠 속으로 발을 옮긴다.

집으로 가는 버스를 타려다 말고 그냥 바람을 따라 걷는다.

멀리 숨가쁘게 달려가는 바람의 꽁무니가 보인다.

슬픈 호사豪奢

   홍수에 휩쓸려온 1톤 타이탄 한 대가 다리 난간에 걸쳐 있다.
   일방통행 강물에 전복된 저 트럭,
   주인만 황급히 피신시킨 채로, 문짝이 떨어진 채로, 쓰레기더미를 뒤집어쓴 채로,
   속력을 잃은 바퀴가 속절없이 급류의 속력을 견디고 있다.
   바퀴마저 남아 있지 않았다면 한낱 고철덩어리로 보였을 저 트럭,

   수많은 이삿짐과 건축자재들을 싣고도 위풍당당 도로 위를 질주하던 저 트럭,
   참으로 황당했겠다, 어안이 벙벙했겠다.
   적재정량보다 몇 배나 많은 짐을 싣고도 군말 한 번 없이, 묵묵히,
   오직 제 몸뚱어리에 의지해 겨우 건사하던 운명이, 타고난 시지프스의 빌어먹을 운명이
   별안간, 정말 본의 아니게

강물의 등에 실려
난생 처음 무동을 타는 호사를 누렸다.

요즘의 내가 그렇다. 저 만신창이 트럭처럼,
 굴러야 할 바퀴도 다 터지고, 속도도 잃고, 번호판마저
뜯겨나간 저 트럭처럼,
 어리둥절 황홀경에 빠져 있을 때가 있다.

 뒤바뀐 처지가, 운명이 어색했는지 아님 질주의 본능이
꿈틀거렸는지 저 타이탄 트럭,
 다리 난간에 걸려서도 전조등이 강 상류를 향해 있다.

 깨진 전조등 틈새로 젖은 햇빛이 웅크리고 있다.

개구리

진눈깨비 날린다
비상등을 켠 검은 승용차를 따라
바퀴 달린 거대한 관棺,
장의차가 달린다
관棺이 관棺을 싣고 달린다

바퀴 달린 관 속
지친 유족들이 앉아 있다
터져 나오는 오열을
꾹꾹 눌러 삭히고 있다

입 안 가득 불룩한 공기에 막혀
말 한 마디 못하고
눈만 끔벅거리고 있다

터지지 않는 울음보가
숨구멍을 막는다

꽃들은 입을 다문다

길 병원 별관 3층 투석실에
꽃의 유전자를 가진 누이가 누워 있다
행복 꽃잎 보송보송 날려야 할 신혼의 누이가
한 점 꽃빛이라곤 없이
마스크로 얼굴을 가리고 있다
뜻밖의 발병은 언제나 가면을 쓰고 온다
누군가 잘못 가져온 꽃다발들,
환영받지 못한 꽃들이
투석실 문 앞에서 고개를 꺾는다
위로가 되지 못하는 것들이 눈치만 늘어간다
―향기를, 특히 감기를 조심하세요.
모든 바이러스는 향기를 먹고 산다
꽃들은 입을 다문다
누이의 목덜미에서 발화發花한 검고 창백한 혈액들이
인공의 호스 터널 속으로 피접을 나선다
화색도, 기약도 없는 머나먼 길
유리창에 걸린 햇살을 떼어 누이 입술에 덧칠을 한다

아버지의 안전벨트

아버지는 술에 취해 비틀거리는 길을 끌어다 덮고 있었
다
시멘트 똥이 묻은 작업화를 베고 있었다
겨드랑이에 낀 누런 종이봉투 속에는
식은 국화빵들이 서로의 체온을 나누고 있었다

녹슨 가시관을 쓴,
속병 깊어진 후,
삶이 부도가 난,

아버지 얼굴에서 땅에 처박힌 늙은 예수를 보았다
─이눔아, 딴 맘 먹지 말고,
돈 벌러 가야 한다─
사타구니에 검은 가시가 돋기 시작한 뒤부터
말씀이 늘 말씸으로 들렸지만
말로는 도저히 말씀을 당해 낼 재간이 없었다
나는 결국 상고에 갔다

짐칸에 실린 아버지가 나락으로 떨어지지 않게
노끈으로 칭칭 묶고 자전거를 끌었다
페달이 닿지 않아서 낮은 언덕배기도 넘기가 힘겨웠다
마음만 벌써 저만치 앞서가고 있었다

눈사람의 귀환

한편 눈이 그치자

사내는 자신의 머리통을 떼어 길바닥에 집어던진다

그 동안 즐거웠어. 우린, 너무 오래 사귀었어.

깨진 한 덩이 비만한 혹에서 흘러나온 악취가 거리를
적신다

애인이 낙태시킨 태아의 머리도 슬몃 기어나온다

아버지의 지겨운 유품들, 쓰다 만 시편들,

폐기된 결재서류 속에서 쓸쓸히 빛나던 초안들

아아, 끝내 사내를 외면했던 스페이드 에이스의 검은
눈동자여

진공의 몸속에서 죽어나갔던 푸른 물고기들이여

이제 그만 안녕, 제발 안녕!

익사체로 떠오른 서른아홉 개의 달에서 진물이 흘러나
온다

불룩한 뱃속에서 썩은 수선화가 고개를 처든다

시끄러운 앵무새 한 마리 날아오른다

지겨워, 정말 지겨워 죽겠어.

사내는 가늘고 흰 손을 들어 앵무새를 향해 방아쇠를

당긴다
　다시 눈송이가 날린다

인절미

인절미 하나로
한 끼를 때우시던 어머니

오물오물
인절미 하나 씹으시는데
십 분이 걸린다

아예 녹여 드신다

입모양이
인절미가 되었다

□ 해설

인간과 언어와 풍경의 섬세한 결

문 혜 원 | 문학평론가 · 아주대 교수

고영의 이번 시집은 감칠맛 나는 언어의 결을 보여주는 시부터 곡진한 사랑시, 지극히 일상적인 생활을 소재로 한 시, 민중이라고 할 수 있는 사람들에 대한 감추어진 관심 등 다양한 레퍼토리들을 보여준다. 이 다양성은 단지 소재의 차이만을 의미하는 것은 아니다. 눈여겨보아야 하는 것은, 시의 유형에 따라 언어를 운용하는 방식이 전혀 다르다는 점이다. 일상생활을 소재로 한 시들의 언어가 특별한 수사 없이 평이한 언어들을 사용하여 지루하고 반복적인 일상성을 드러내는 데 반해, 풍경과의 조화를 보여주는 시에서는 아름답고 투명한 풍경에 어울리게 섬세하게 다듬어진 언어들이 배치되어 있다. 그런가 하면 사랑시들은 맴돌며 파고드는 사랑의 감정처럼 응축된 언어들의 집중으로 이루어져 있다.

우선 그의 시는 서정시의 일반적인 특징을 고루 갖추고 있다. 자연을 배경으로 한 풍경화적인 시들은 어린 날의 기

억들과 어우러져 진한 서정성을 가지고 있다(「햇발국수나
말아볼까」,「킥킥, 유채꽃」,「상처」,「목련여관 304호」,「벅
수야! 벅수야!」 등). 무엇보다 이 시들은 세계에 대한 시인
의 태도면에서 서정적이다. 시인은 소재가 되는 세계를 향
해 열려 있고, 그것과 더불어 생각하고 호흡하며 존재한다.

　이 특징을 가장 잘 보여주는 것은 아무래도 어린 날의 기
억을 바탕으로 한 시들일 것이다. 유년과 관련된 기억들은
가난하고 소박하고 꾸밈없는 것들이다. 자연과 어우러져
지내는 풍경이 펼쳐지고, 거기에 어울리는 아이가 있고, 이
따금 아이가 이해하기에는 아직 이른 어른들의 세계가 있
다. 화자는 그 풍경의 일부분으로서 존재하며 그 세계의 아
름다움을 전달하는 역할을 한다. 「햇발국수나 말아볼까」
는 세계와 인간의 아름다운 하모니를 보여주는 대표적인
시이다.

　　가늘고 고운 햇발이 내린다
　　햇발만 보면 자꾸 문밖으로 뛰쳐나가고 싶다
　　종일 들판을 헤집고 다니는 꼴을 보고
　　동네 어른들은 천둥벌거숭이 자식이라 흉을 볼 테지만
　　흥! 뭐 어때,
　　온몸에 햇발을 쬐며 누워 있다가
　　햇발 고운 가락을 가만가만 손가락으로 말아가다 보면
　　햇발이 국수발 같다는 느낌,

　　　　　　　　　　　　　　　　── 「햇발국수나 말아볼까」 부분

이 시가 아름다운 것은 세계 속에 완전히 용해된, 그리하여 세계와 더불어 일렁이는 화자의 위치 때문이다. 세계에 대한 긴장과 적의를 완전히 놓아버린 상태에서 오는 평온함과 아련함. 어린 시절에나 가능했을, 온몸으로 세계와 동화가 되는 그러한 상태가 시의 아름다움을 만들어내는 것이다. 여기에 사용된 언어들은 또한 어떠한가.

'햇발국수'라는 단어를 발음할 때 형성되는 말랑말랑함, 부드러움, 찰짐 같은 느낌들이 시 전체를 감싸고 있다. '햇발'은 '사방으로 뻗친 햇살'이라는 뜻이고 '국수발'의 '발'은 '실이나 국수 따위의 가늘고 긴 물체의 가락'이라는 뜻이므로 분명히 '햇발'과 '국수'는 무관한 것이지만, 이 시를 읽는 중에 '햇발국수'는 이미 있는 단어인 것처럼 자연스럽게 찰지고 고운 느낌을 불러일으킨다. 정말로 햇발을 잘 말아서 한 그릇 따뜻한 국수를 먹는 것처럼, 따뜻하게 내리쬐는 햇살의 느낌이 전달되어 온다. 언어의 섬세한 결이 풍경의 섬세한 결을 잘 살려내고 있는 것이다.

이번 시집의 또 다른 특징은 곡진한 사랑시들을 여러 편 찾아볼 수 있다는 것이다(「고라니」, 「너라는 벼락을 맞았다」, 「자화상」, 「폭낭」, 「칡 캐러 간다」, 「달 속에 달이 기울 때」 등). 이 시들은 소박하고 아름다운 풍경을 전달했던 어린 화자가 성숙한 뒤 쓰는 것이라고 할 수 있다. 대체로 짧은 이 시들은 일상적인 소재를 가진 시들이 막힘없이 죽죽

풀려 있음에 반해, 내면으로 맴돌고 응결되면서 곡진한 사랑의 감정을 체화한다.

마음이 술렁거리는 밤이었다
수수깡이 울고 있었다
문득, 몹쓸 짓처럼 사람이 그리워졌다
모가지 길게 빼고
설레발로 산을 내려간다
도처에 깔린 달빛 망사를 피해
오감만으로 지뢰밭 지난다
내 몸이지만 내 몸이 아닌 네 개의 발이여
방심하지 마라
눈앞에 있는 올가미가
눈 밖에 있는 올가미를 깨운다
먼 하늘 위에서 숨통을 조여 오는
그믐달 눈꼴
언제나 몸에 달고 살던 위험이여
누군가 분명 지척에 있다
문득 몹쓸 짓처럼 한 사람이 그리워졌다
수수깡이 울고 있었다

──「고라니」 전문

위의 시에는 사랑의 외로움과 그리움과 위험함이 복합적으로 나타나 있다. 고라니가 위험을 무릅쓰고 마을을 찾아

내려가는 것처럼, 사랑은 언제나 위험을 안고 있다. 그럼에도 불구하고 '몹쓸 짓처럼' 한 사람이 그리워지는, 그래서 결국 위험을 무릅쓰고 그 길을 가게 되는 그것이 사랑이다. 시인은 말로는 다 표현할 수 없는 사랑의 복합적이고 모순된 감정들을 이처럼 짧은 시로 옮겨놓고 있다. 이때 언어는 일반적인 연시戀詩의 특징인 단순하고 짧고 함축적인 성질을 잘 살리고 있다. 가능한 적은 언어들을 사용하여 복합적인 감정을 표현하는 시어의 경제성을 최대한 이용한 것이다.

이번 시집에서 가장 눈여겨볼 것은 일상적인 화자가 등장하는 시들이다(「황야의 건달」, 「이사」, 「눈물은 힘이 세다」 등). 화자는 시인 자신과 동일시해도 무방한 40대의 일상적인 가장이다. 그는 자신의 집 앞에서 낯설어하고, 가족들에게 떳떳하지 못하고, 늘 혼자 따로 노는 힘없는 존재이다. 화자의 처지를 잘 보여주는 시 한 편.

어쩌다가, 어쩌다가, 몇 달에 한 번꼴로 들어가는 집. 대문이 높다.

용케 잊지 않고 찾아온 것이 대견스럽다는 듯
쇠줄에 묶인 진돗개조차 꼬리를 흔들며 아는 체를 한다.
짜식, 아직 살아 있었냐?

장모는 반야심경과 놀고 장인은 티브이랑 놀고
아내는 성경 속의 사내랑 놀고
아들놈은 리니지와 놀고
딸내미는
딸내미는,

처음 몸에 핀 꽃잎이 부끄러운지 코빼기 한 번 삐쭉 보이
곤 방에서 나올 생각을 않는다.
그나마 아빠를 사내로 봐주는 건 너뿐이로구나.
그것만으로도 충분히 고맙고 황송하구나. 예쁜 나의 아가
야.

아무도 놀아주지 않는 식탁에 앉아 소주잔이나 기울이다
가
혼자 적막하다가
문득,

수족관 앞으로 다가가 큰소리로 인사를 한다.
블루그라스야, 안녕! 엔젤피시야, 안녕!
너희들도 한 잔 할래?
소주를 붓는다.
                    ──「황야의 건달」전문

아마도 직장 때문에 오랜 만에 들어간 집에서, 화자를 반
겨주는 것은 쇠줄에 묶인 진돗개뿐이다. 가족들은 각각 자

기 일에 빠져 있고, 오랜 만에 들어간 가장은 혼자 소주를 마신다. 이러한 상황이 처음은 아닌 듯 모든 것은 극히 자연스럽다. 무관심이 이미 편안해진 상황. 비인간적이고 삭막한 상황에 저항해보려는 화자의 행위는 고작 열대어가 있는 어항에 소주를 붓는 일뿐이다. 일종의 주사酒邪로 치부될 수 있는 이 우스꽝스러운 행위에는 삶의 페이소스가 짙게 묻어 있다.

화자의 일상을 그려내는 부분에서 시인은 수사적인 표현을 가능한 배제함으로써 언어의 미감을 최소화한다. 이는 한껏 위축된 화자의 처지와 심정을 사실적으로 표현함으로써 상황과 인물, 언어가 잘 어우러진 한 편의 시를 만들어낸다. 이러한 유형의 시가 아무 걸림 없이 죽죽 읽히는 것은 쉽게 쓰여서가 아니라 시인이 의도적으로 온힘을 빼고 있기 때문이다.

이즈음에서 고영의 시가 편안하게 잘 읽히는 이유를 짚어볼 필요가 있겠다. 한마디로 요약하면 그것은 전형성을 충분히 활용한 데서 얻어지는 것이다. 유년의 정서에는 유년에 어울리는 상황과 인물이, 사랑시에는 사랑을 앓아본 사람이 겪을 수 있는 응축된 감정이, 그리고 40대 가장이 등장하는 시에는 또래의 남자가 한번쯤 경험할 수 있는 심리와 사건이 적절하게 배치되어 있는 것이다.

좌판행상을 하는 어머니(「큰곰자리별 어머니」)와 노름빚에 쫓기고(「벅수야! 벅수야!」) 술에 취해 길바닥에 쓰러져 자는 아버지(「아버지의 안전벨트」), 일찌감치 남자와 눈이 맞아 시집을 간 누이(「킥킥, 유채꽃」) 같은 시 속의 인물들은 '유년'이라는 말이 불러일으키는 정서에 알맞은 전형적인 성격을 가지고 있다. 사랑시들은 사랑을 경험해 본 사람은 누구나 공감할 수 있는 떨림을 안고 있고, 40대 화자의 상황과 행위들은 시인만이 아니라 비슷한 또래의 대한민국 가장 전체가 겪는 일이기도 하다.

독자들은 시를 읽어가면서, 자신이 그러한 인물들을 직접 만나본 적이 없음에도 불구하고 마치 상황이나 인물을 실제로 접한 경험이 있는 것처럼 친숙한 인상을 받는다. 사건과 상황, 심리를 잘 전달할 수 있도록 운용된 언어들이 이러한 전형성을 뒷받침함으로써, 각각의 시들은 친숙하고 개연성 있는 정서들을 형성하고 있다. 그의 시가 부담 없이 잘 읽히는 것은 이러한 특징을 바탕으로 하고 있기 때문이다.

덧붙인다면, 고영의 시에서 특히 기대가 되는 것은 일상성을 가감 없이 드러내는 시들이다. 이러한 시들은 아직 화자의 무기력함과 왜소함을 그려내는 데 집중되고 있지만, 조심스럽게 사회적인 맥락을 짚어내려는 움직임을 담고 있기도 하다. 예를 들어 「황야의 건달」 같은 시가 그렇다. 이 시에서 중요한 것은 '집'의 성격 변화이다. 일반적으로 '집'은 평화와 휴식을 의미하는 공간으로 상징되어 왔다. 그것은 출산과 양육, 휴식이 이루어지는 장소인 동시에 정

108

서적 유대로 묶인 '가정'이라는 의미를 내포하기도 한다. 그러나 자본주의적 삶이 일반화된 상태에서 '집'은 더 이상 가족을 연결하는 공간이 되지 못한다. 같은 집에 살면서도 가족이 모두 모여 식사를 하거나 대화를 할 수 있는 기회는 흔치 않고, 설령 같이 있다고 하더라도 뿔뿔이 흩어져 각각의 일에 빠져 있는 경우가 대부분이다.

고영의 시에서 '집'은 버젓이 있음에도 불구하고 공감이나 연대를 제공하지 못하는 변질된 공간으로서 사람 사이의 단절을 역설적으로 드러내는 상징이다. 그럼으로써 위축된 가장의 모습을 그려내는 데 그치지 않고 단절의 사회적인 맥락까지를 지시하고 있는 것이다. 이처럼 현상의 이면을 짚어내고 그것을 나름대로의 해석으로 재구성하는 과정이 첨가된다면, 그의 시는 일상시의 또 다른 차원을 보여줄 수 있을 것이다.

고영 시인
1966년 경기 안양에서 태어나 부산에서 성장했다.
2003년《현대시》로 등단했으며
2004, 2008년 문화예술위원회 창작기금을 받았다.
현재《내일을 여는 작가》편집위원으로 활동하고 있다.
시집으로 『산복도로에 쪽배가 떴다』가 있다.

너라는 벼락을 맞았다
고영 시집

초판 1쇄 발행일   2009년 5월 8일

지은이 · 고영
펴낸이 · 김종해
펴낸곳 · 문학세계사
주소 · 서울시 마포구 신수동 345-5(121-110)
대표전화 · 702-1800 팩시밀리 · 702-0084
이메일 · mail@msp21.co.kr
홈페이지 · www.msp21.co.kr(문학세계사)
www.seein.co.kr(계간 시인세계)
출판등록 · 제21-108호(1979.5.16)

값 7,000원
ISBN 978-89-7075-457-4   03810
ⓒ 고영, 2009

* 이 시집은 2007년 인천문화재단 문예진흥기금을 지원받아 제작하였습니다.
* 이 시집은 2008년 문화예술위원회 창작기금을 지원받아 제작하였습니다.